楚辭卷第五　　集註

遠遊第五　　離騷二十三

遠遊者屈原之所作也屈原既放悲歎之餘眇觀宇宙陋世俗之卑狹悼年壽之不長於是作爲此篇思欲制鍊形魂排空御氣浮遊八極後天而終以盡反復無窮之世變雖曰寓言然其所設王子之詞苟能充之實長生久視之要訣也

悲時俗之迫阨兮願輕舉而遠遊質菲薄而無因兮焉託乘而上浮（阨音厄一音隘因一作由乘時證反）遭沈濁而汙穢兮獨鬱結其誰語夜耿耿而不寐兮魂營營而至曙（濁下而一作之語魚據反耿一作炯並古茖反營一作熒○耿耿猶儆儆不寐皃也營營猶曰熒熒亦耿耿之意也）惟天地之無窮兮哀人生之長勤往者余弗及兮來者吾不聞（勤渠云反吾不一作余弗○此章四言乃此篇所以作之本意也夫神仙度世之說無是理而不可期也審矣屈子於此乃獨眷眷而不忘者何哉正以往者之不可及來者之不得聞而欲久生以俟之耳然往者之不可及則已末如之何矣獨來者不得聞則夫世之惠迪而未吉從逆而未凶者吾皆不得以須其反復熟爛而睹夫天定勝人之所極是則安能使人不爲沒世無涯之悲恨）

此蛮子所以願少須臾無死而僥倖萬一於神仙度世之不可期也嗚呼遠矣是豈易與俗人言哉步徙倚而遥思兮怊惝怳而永懷意荒忽而流蕩兮心愁悽而增悲怊音超惝昌兩反怳吁往反永一作乖非是懷叶胡威反荒呼廣反悽一作凄○悽痛也神儵忽而不反兮形枯槁而獨留內惟省以端操兮求正氣之所由儵一作倏反一作返操七刀七到二反由一作繇○知愁數之無益而有損乃能反自循省而求其本初也漠虛靜以恬愉兮澹無為而自得聞赤松之清塵兮願承風乎遺則列仙傳赤松子神農時為雨師服水玉教神農能入火自燒至崑山上常止西王母石室隨風雨上下炎帝少女追之亦得仙俱去張良欲從赤松子遊即此也

貴真人之休德兮美往世之登仙與化去而不見兮名聲著而日延真一作至德一作聽非是美一作羨似一作僊著一作章○身隱而不可見獨有名字可聞耳奇傅說之託辰星兮羨韓衆之得一形穆穆以浸遠兮離人羣而遁逸羨似面反一作美衆一作終○傅說武丁之相辰星東方蒼龍之體心尾箕之星所謂大辰也莊子曰傅說得之以相武丁奄有天下乘東維騎箕尾而比於列星音義云今尾上有傅說星是也羨念慕也韓終亦見列仙傳形寖遠即上文與化去之意因氣變而遂曾舉兮忽神奔而鬼怪時髣髴以遥見兮精皎皎以往來曾音增皎一作皦皦以一作而來叶音賚○此亦上文化去

形遠之意髣髴見不諟也丹經所謂服食三載輕舉遠遊入火不焦入水不濡能存能亡長樂無憂者此也超氛埃而淑郵兮終不反其故都免衆患而不懼兮世莫知其所如超一作絶郵一作尤其一作乎都一作鄉非是○氛昏濁之氣淑尤言其淑善而絶尤也此以上言所羨仙去之樂也恐天時之代序兮耀靈曅而西征微霜降而下淪兮悼芳草之先蘦聊仿佯而逍遥兮永歷年而無成誰可與玩斯遺芳兮長鄉風而舒情高陽邈以遠兮余將焉所程曅音饁蘦令作零仿音旁佯音羊而一作以與一作以非是斯遺芳一作此芳草長一作晨鄉一作向以一作已焉一作安○耀靈日也曅閃光皃

言行之速也淪沈也零落也此一節自歎其將老而恐其學之不及也重曰春秋忽其不淹兮奚久留此故居軒轅不可攀援兮吾將從王喬而娛戲飡六氣而飲沆瀣兮漱正陽而含朝霞保神明之清澄兮精氣入而麤穢除重直用反娛一作遊戲音嬉叶音虚二字一作戲娛非是飡七安反沆胡朗反瀣音械霞叶音胡麤七胡反○軒轅黃帝名王喬周靈王太子晉也列仙傳曰好吹笙作鳳鳴遇浮丘公接之仙去六氣者陵陽子明經言春食朝霞日始欲出赤黃氣也秋食淪陰日没以後赤黃氣也冬飲沆瀣北方夜半氣也夏食正陽南方日中氣也并天地玄黃之氣是爲六氣也又曰日入爲飛泉麤物不精也順凱風以從遊兮至南巢而壹息

見王子而宿之兮審壹氣之和德南風曰凱風南巢舊說以爲南方鳳鳥之巢非湯放桀之居巢也宿與肅通審究問也曰道可受兮而不可傳其小無內兮其大無垠毋滑而魂兮彼將自然壹氣孔神兮於中夜存虛以待之兮無爲之先庶類以成兮此德之門受一作愛非是一無而字垠叶魚堅反毋滑一作無溷並音骨一滑上別有溷字存叶才緣反門叶謨連反○曰者王子之言也受心受也傳言傳也小無內大無垠言無所不在也滑亂也汝也壹專也孔甚也此言道妙如此人能無滑亂其魂則身心自然而氣之甚神者當中夜虛靜之時自存於己而不相離矣如此則於應世之務皆虛以待之於無爲之先而庶類自成萬化自出蓋廣成子之告黃帝不過如此實神仙之要訣也

聞至貴而遂徂兮忽乎吾將行仍羽人於丹丘兮留不死之舊鄉行叶户郎反○至貴謂至妙之言其貴無敵也仍因就也羽人飛仙也丹丘晝夜常明之處也不死之鄉仙靈之所宅也

朝濯髮於湯谷兮夕晞余身兮九陽吸飛泉之微液兮懷琬琰之華英湯音陽琬音宛琰音剡英叶於姜反○湯谷見天問九陽舊說謂湯谷上有扶木九日居下枝一日居上枝亦寓言耳飛泉已見上琬琰玉名

玉色頩以脕顏兮精醇粹而始壯質銷鑠以汋約兮神要眇以淫放頩普茗普經二反脕音晚又音萬一作豔一作曼壯叶音莊汋音綽眇與妙同放叶音方○頩美皃一曰斂容皃脕澤也醇厚也粹不雜也質銷鑠

所謂形解銷化也汋約柔弱皃莊子曰藐姑射山有神人焉汋約若處子要眇深遠皃淫縱也

嘉南州之炎德兮麗桂樹之冬榮山蕭條而無獸兮野寂漠其無人載營魄而登霞兮掩浮雲而上征野一作壄家與寂同一作寂漠一作寞其一作乎霞與遐同古字借用征一作升○上四句記時物也下二句言以此時昇仙而去也載猶加也營猶熒熒熒也魄說見九歌矣此言熒魄者陰靈之聚若有光景也霞與遐通謂遠也蓋魄不受魂魂不載魄則魂遊魄降而人死矣故脩鍊之士必使魂常附魄如日光之載月質魄常檢魂如月質之受日光則神不馳而魄不死遂能登仙遠去而上征也命天閽其開關兮排閶闔而

望予召豐隆使先導兮問大微之所居集重陽入帝宮兮造旬始而觀清都朝發軔於太儀兮夕始臨乎於微閭其一作而閽闔一作闔閭予一作余大音泰陽下一有以字於於其反一作微母閭○排推也望予須我之來也與騷經倚閶闔而望予者意不同矣豐隆已見騷經太微宮垣十星在翼軫北重陽者積陽爲天天有九重故曰重陽旬始星名清都列子以爲帝之所居也太儀天帝之庭也於微閭周禮東北曰幽州其山鎮曰醫無閭屯余車之萬乘兮紛溶與而並馳駕八龍之婉婉兮載雲旗之逶蛇溶音容婉婉一作蜿蜿蜿音苑○溶水盛也建雄虹之采旄兮五色雜而炫燿服偃蹇以低昂兮驂連蜷以驕驁炫音縣燿音曜蜷巨員反驕居召反驁五到反○服衡下夾轅兩馬

也驂衡外挽靷兩馬也連蜷句蹄也驕驁馬行縱恣也騎膠葛以雜亂兮
斑漫衍而方行撰余轡而正策兮吾將過乎句
芒騎奇寄反膠葛一作轇轕音同以一作其漫莫半反一作曼衍弋戰反行叶戶郎反句一
作鉤○膠葛雜亂皃一曰猶交加也斑駮文也漫衍無極皃句芒木神也月令東方甲乙其帝
太皞其神句芒注云此木帝之君木官之佐自古以來著德立功者也歷太皓以
右轉兮前飛廉以啓路陽杲杲其未光兮凌天
地以徑度啓一作燭其一作亦徑一作侄音義同○太皓即太皞也始結罔罟以畋
以漁制立庖廚天下號之爲庖犧氏飛廉已見騷經徑直也風伯爲余先驅
兮氛埃辟而清涼鳳凰翼其承旂兮遇蓐收乎

西皇爲去聲先一作前氛埃辟一作辟氛氣辟必亦反○西方庚辛其帝少皓其神蓐收
西皇即少昊也左傳曰金正曰蓐收擥彗星以爲旍兮舉斗柄以
爲麾叛陸離其上下兮遊驚霧之流波擥一作攬旍即
旌字一作旌麾吁爲反叛音判波叶補基反○斗柄北斗之柄所謂杓也麾旗屬叛繚隸分散
之皃旹曖曃其曭莽兮召玄武而奔屬後文昌使
掌行兮選署衆神以並轂曖音愛曃音逮一作晻曀上烏感反下於
計反一作黮黮上音晻下徒感反曭音儻莽莫朗反屬音燭○曖曃昧暗也曭日不明也玄武
北方七宿謂龜蛇也位在北方故曰玄身有鱗甲故曰武文昌在紫微宮北斗魁前六星如匡
形路曼曼其脩遠兮徐弭節而高厲左雨師使

徑待兮右雷公而爲衞曼莫干反脩一作悠徐一作颯徑待見騷經而
一作以〇厲憑陵之意欲度世以忘歸兮意恣睢㠯担撟
遠字一有遂字恣如字又千咨反睢許鼻反担居桀反撟音矯一云上丘列反下居廟反而一
内欣欣而自美兮聊媮娛以淫樂欲上一有遂字欲下一有
作以淫一作自樂叶五教反〇度世謂度越塵世而仙去也恣睢放肆也担撟軒舉也淫樂樂
之深也莊子曰孰居無事淫樂而勸是涉青雲以汎濫游兮忽臨
睨夫舊鄉僕夫懷余心悲兮邊馬顧而不行一無
以字一無游字行叶戶郎反〇邊旁也謂兩驂也思舊故以想像兮長
太息而掩涕氾容與而遐舉兮聊抑志而自弭

以一作而像一作象氾與汎同〇屈原謂脩身念道得遇仙人託與俱遊周歷萬方升天乘雲
役使百神而非所樂猶思楚國念故舊欲竭忠信以寧國家精誠之至德義之厚也指炎
神而直馳兮吾將往乎南疑覽方外之荒忽兮
沛罔瀁而自浮神一作帝疑一作娭覽一作覺罔摩朗反瀁以養反一作罔象
浮叶扶毗反〇南方丙丁其帝炎帝其神祝融南疑九疑也沛流皃罔瀁水盛皃祝融
戒而蹕御兮騰告鸞鳥迎宓妃張咸池奏承雲
兮二女御九韶歌使湘靈鼓瑟兮令海若舞馮
夷玄螭蟲象並出進兮形蟉虬而逶蛇雌蜺便
娟㠯增撓兮鸞鳥軒翥而翔飛音樂博衍無終

極兮焉乃逝以徘徊而蹕御一作其還衡歌叶居支反令一作命馮一作馮螭丑知反象一作蟓似兩反玄螭蟲象並出進一作列螭象而並進蟉於九反虯巨九反蛇一作迤蜺五歷五結二反說見騷經便眠連反娟於緣反爾雅疏引作嬛嬛音同撓而照反軒一作鶱音同其字从鳥翥章庶反焉尤虔反逝一作遊非是以一作而○蹕止行人也御擽也咸池堯樂承雲黃帝樂也又曰顓頊樂又曰有虞氏之樂無所稽考未詳孰是二女娥皇女英也御侍也九韶已見騷經湘靈湘水之神也海若海神號莊子有北海若馮夷水仙莊子亦云馮夷得之以游大川又曰河伯也象國語所謂水之恠龍罔象也蟉虯盤曲貌便娟輕麗貌撓纏也翥舉也博衍寬平之意焉語詞也舒并節以馳騖兮逴絕垠乎寒門軼迅風於清源兮從顓頊乎增氷逴敕角反

一作踔敕孝反門叶彌巾反軼音逸源一作涼○逴遠也絕垠天之邊際也寒門北極之門也軼從後出前也迅疾也北方壬癸其帝顓頊其神玄冥北方地寒故有增積之氷歷玄冥以邪徑兮乘間維以反顧召黔嬴而見之兮為余先乎平路黔具炎反又嬴从羊倫爲反一从女餘輕反未知孰是然二字史記作含靁漢書作黔靁則當爲从羊之嬴矣先下一有道字○間維補引孝經緯曰天有六間黔嬴舊說天上造化神名或曰水神皆恠妄之說不可考矣經營四方兮周流六漠上至列缺兮降望大壑漠漢樂歌作幕缺一作闕○六漠謂六合也列缺天隙電照也大壑在渤海東實惟無底之谷名曰歸墟下崢嶸而無地兮上寥廓而無天視倏忽而無見兮聽惝

怳而無聞超無為以至清兮與泰初而為鄰崢鋤
耕反嶸音宏一作嶒寥一作嵺聞叶無巾反○
崢嶸深遠皃寥廓廣遠也惝怳耳不諦也列子
曰泰初者氣之始也莊子曰泰初有無無有無
名屈子本以來者不聞為憂而傾為方仙之道
至此則眞可以後天不老而凋三光矣下視人
世甕盎之間百千蚊蚋須臾之頃萬起萬滅何
足道哉向足道哉司馬相如作大人賦多襲
其語然屈子所到非相如所能窺其萬一也

卜居第六　離騷二十四

卜居者屈原之所作也屈原哀憫當世之人習安邪佞違背正直故陽為不知二者之是非可否而將假著龜以決之遂為此詞發其取舍之端以警世俗說者乃謂原實未能無疑於此而始將問諸卜人則亦誤矣

屈原既放三年不得復見竭知盡忠而蔽鄣於讒心煩慮亂不知所從知一作智一無而字慮一作意乃往見太卜鄭詹尹曰余有所疑願因先生決之一無乃字詹尹乃端策拂龜曰君將何以教之一無將字○端正也策著莖也正之將以筮也龜龜底殼也拂之將以卜也四字見曲禮屈原曰吾寧悃悃款款朴以忠乎將送往勞來斯無窮乎悃苦

本反款一作欵苦管反勞去聲來如字或亦讀作去聲非是○悃款誠實傾盡之皃朴質也勞
來來者勞之也寧誅鋤草茅以力耕乎將游大人以成
名乎鋤一作鉏士魚反○鋤去穢助苗也游徧謁也大人猶貴人也寧正言不
諱以危身乎將從俗富貴以媮生乎媮音偷舊音俞非是
寧超然高舉以保真乎將哫訾栗斯喔咿儒兒
以事婦人乎哫一作促並音足又子祿反訾音貲粟一作栗一作慄斯一作㩻音
斯喔音握咿音伊儒兒一作嚅唲音同○哫訾以言求媚也粟从米詭隨也斯辭也其从木者
謹飭也非是喔咿儒兒強語笑皃婦人蓋謂鄭袖也寧廉潔正直以自清
乎將突梯滑稽如脂如韋以絜楹乎潔一作絜突吐忽反

滑音骨稽音雞絜胡結反一作潔音苦結反非是○突梯滑澾皃滑稽圓轉皃脂肥澤韋柔軟
也絜楹未詳或疑絜如大學絜矩之絜謂圍束之也楹屋柱亦圓物又以脂灌韋而絜之是以
突梯滑稽而無所止也未知是否寧昂昂若千里之駒乎將氾
氾若水中之鳧與波上下偷以全吾軀乎昂五岡反
一作卬音同氾一作泛鳧下一有乎字非是偷一作愉與偷同○駒馬之未壯者鳧野鴨也
寧與騏驥亢軛乎將隨駑馬之迹乎軛於革反○亢舉也
軛車轅前衡也寧與黃鵠比翼乎將與雞鶩爭食乎黃鵠
大鳥一舉千里鶩鴨也此孰吉孰凶何去何從此結上八條正問卜
之詞也世溷濁而不清蟬翼為重千鈞為輕黃鐘

毀棄瓦釜雷鳴讒人高張賢士無名吁嗟默默

兮誰知吾之廉貞張音帳吁一作于默一作嘿〇此因而自嘆之詞也蟬翼言輕薄也黃鍾謂鍾之律中黃鍾者器極大而聲最閎也瓦釜無聲之物雷鳴謂妖怪而作聲如雷鳴也張自侈大也左傳曰隨張必弃小國詹尹乃釋策而謝曰夫尺有所短寸有所長物有所不足智有所不明數有所不逮神有所不通用君之心行君之意龜策誠不能知事明叶音芒數所具反通叶它光反知下一有此字〇釋捨也謝辭也尺長於寸然爲尺而不足則有短者矣寸短於尺然爲寸而有餘則有長者矣物有所不足天傾西北地不滿東南之類也智有所不明堯舜知不徧物孔子不如農圃之類也數有所不逮如言日月之行雖有定數然既是動物不無贏縮之類是也神有所不通惠迪者未必吉從逆者未必凶伯夷餓死首陽盜跖壽終牖下之類是也

漁父第七　離騷二十五

漁父者屈原之所作也漁父蓋亦當時隱遁之士或曰亦原之設詞耳

屈原既放游於江潭行吟澤畔顏色憔悴形容枯槁槁音考漁父見而問之曰子非三閭大夫與何故至於斯與史作歟至於斯作而至此屈原曰舉世皆濁我獨清衆人皆醉我獨醒是以見放舉世一作世人皆史

作混我上一有而字下句同放下一有尔字漁父曰聖人不凝滯於
物而能與世推移世人皆濁何不淈其泥而揚
其波衆人皆醉何不餔其糟而歠其釃何故深
思高舉自令放爲曰下史有夫字人下史有者字於下史有萬字世人史作
舉世皆一作混淈古没胡没二反史作隨其流波叶補悲反餔布乎反歠昌悦反釃力支反一
作釃深思以下史作懷瑾握瑜而自令見放爲〇餔食也歠飲也糟釃皆酒滓也以水釃糟曰
釃薄酒也屈原曰吾聞之新沐者必彈冠新浴者
必振衣安能以身之察察受物之汶汶者乎衣如
字从史則叶於巾反安一作誰汶音問又音昏叶莫悲反从史則叶彌巾反〇察察潔白也汶

汶玷辱也寧赴湘流葬於江魚之腹中安能以皓皓
之白而蒙世俗之塵埃乎湘史作常音長葬上史有而字於史作乎
一無之字中下史有耳字皓皓一作皎皎一無而字塵埃史作溫蠖若以諸本則埃叶衣字於
支反若从史則白叶蒲各反蠖於郭反而二字自相叶矣〇溫蠖猶惛憒也漁父莞
爾而笑鼓枻而去乃歌曰滄浪之水清兮可以
濯吾纓滄浪之水濁兮可以濯吾足遂去不復
與言莞胡板反枻一作櫂音曳一無乃字吾一作我下句同濁叶竹六反〇莞微笑皃鼓
枻扣舡也滄浪水即漢水之下流也見禹貢纓冠索也
楚辭卷第五

楚辭卷第六　　集註

九辯第八

九辯者屈原弟子楚大夫宋玉之所作也閔惜其師忠而放逐故作九辯以述其志云

悲哉秋之爲氣也蕭瑟兮草木搖落而變衰憭慄兮若在遠行登山臨水兮送將歸哉一作夫落下一有兮字憭音流又音了○秋者一歲之運盛極而衰肅殺寒涼陰氣用事草木零落百物凋悴之時有似叔世危邦主昏政亂賢智屏絀姦凶得志民貧財匱不復振起之象是以忠臣志士遭讒放逐者感事興懷尤切悲歎也蕭瑟寒涼之意憭慄猶悽愴也在遠行羇旅之中而登高望遠臨流歎逝以送將歸之人因離別之懷動家鄉之念可悲之甚也

沉寥兮天高而氣清宗廫兮收潦而水清憯悽增欷兮薄寒之中人愴怳懭悢兮去故而就新坎廩兮貧士失職而志不平廓落兮羇旅而無友生惆悵兮而私自憐沉音血寥一作嵺清疾正反古作靜一作平宗一作寂廫一作寥一作嵺並音聊憯七感反欷虛毅反中去聲愴初亮反怳許昉反懭口廣反悢音朗又音亮廩一作壈並力敢反貧一作窮羇一作羈一無生字非是憐叶音鄰○沉寥曠蕩空虛也或曰蕭條無雲皃清無垢薉也宗無人聲廫空虛也收潦水清川水夏濁至秋而清也憯悽悲痛皃欷泣歔皃

愴怳懭悢皆失意皃去故就新別離也坎壈不平也廓落空寂也惆悵悲哀也燕翩翩

其辭歸兮蟬宋漠而無聲鴈廱廱而南遊兮鶤

雞啁哳而悲鳴宋漠一作寂寞廱一作嗈又作嗈啁竹交反又張流反哳陟轄

反○鴈陰起則南陽起則北避寒燠也鶤雞似鶴黃白色啁哳聲繁細皃獨申旦而

不寐兮哀蟋蟀之宵征時亹亹而過中兮蹇淹

留而無成亹音尾○申重也亹亹進皃過中謂漸衰暮也蹇語詞也

右一章既無名舊本連寫或分或合易致差誤今既釐正因各標章次以別之

悲憂窮戚兮獨處廓有美一人兮心不繹去鄉

離家兮徠遠客超逍遙兮今焉薄戚一作慼一作蹙並倉歷

子六二反處昌呂反繹叶以畧反離如字又力智反徠一作來客叶苦各反焉於乾反○廓空

也有美一人謂屈原也繹解也補曰繹抽絲也又恐或是懌字薄止也專思君兮

不可化君不知兮可柰何蓄怨兮積思心煩憺

兮忘食事願一見兮道余意君之心兮與余異

車既駕兮朅而歸不得見兮心傷悲思一作怱下同化叶

呼瓜反思去聲余一作我一無既字朅丘傑反一無傷字○此君字乃指楚王而言食事與

事也朅去也倚結軨兮長太息涕潺湲兮下霑軾忼

慨絕兮不得中瞀亂兮迷惑私自憐兮何極心

怦怦兮諒直軨音零一無長字一無下字忼一作慷口朗反瞀音茂私一作思怦

昔耕反○軨車軾下縱橫木也軾所憑以爲敬者也怦怦心急皃

右二

皇天平分四時兮竊獨悲此廩秋白露既下百草兮奄離披此梧楸去白日之昭昭兮襲長夜之悠悠離芳藹之方壯兮余萎約而悲愁廩一作凛音義同下一作降一作下降披一作被與披同藹於蓋反萎一作委○廩秋秋氣廩然而寒也奄忽也遽也離披分散皃梧桐楸梓皆早凋襲入也藹繁茂也余宋玉爲屈原之自余也凡言余及我者皆放此萎草木枯也約窮也秋既先戒以白露兮冬又申之以嚴霜收恢台之孟夏兮然欿傺而沈藏葉菸邑而無色兮枝煩挐而交橫顔淫溢而將

罷兮柯彷彿而萎黄萷櫹槮之可哀兮形銷鑠而瘀傷惟其紛糅而將落兮恨其失時而無當戒下一有之字台一作炱一作怠並他來反欿與坎同臧與藏同菸音於邑一作悒挐女除反橫叶音黄罷音疲佛音費萎一作委一作矮萷一作梢並音梢又音朔櫹音蕭槮音森瘀於去反糅女救反而一作之○申重也恢台廣大皃欿陷傺止也言收斂長養之氣使陷止而沈藏也菸邑傷壞也煩挐亂也淫溢積漸也罷毀也乏也萎枯死也萷木枝竦也櫹槮樹長皃瘀血敗也惟思也紛糅衆雜也擥騑轡而下節兮聊逍遥以相佯歲忽忽而遒盡兮恐余壽之弗將悼余生之

不時兮逢此世之俇攘澹容與而獨倚兮蟋蟀鳴此西堂心怵惕而震盪兮何所憂之多方卬明月而太息兮步列星而極明擘力敢反一作擘啓妍反非是駍音非佯一作羊遒即由反一作逝非是弗一作不俇音斥攘而羊反一作怵勸一作趡躒澹徒敢反怵音黜盪音蕩卬音仰一作仰太一作大明叶音芒○擘持也騑驂馬也下節按節也遒迫也盡也將長也俇攘狂遽皃澹容與徐步也倚立也盪摇動皃方猶端也卬望也

右三

竊悲夫蕙華之曾敷兮紛旖旎乎都房何曾華之無實兮從風雨而飛颺以爲君獨服此蕙兮羌無以異於衆芳旖音倚旎女綺反又云旖一作旎於可反旎乃可反即詩阿儺字颺音揚○曾重也敷布也旖旎盛皃都大也房比堂也詩所謂背蓋古人植花草之處也責蕙無實猶騷經責蘭之意閔奇思之不通兮將去君而高翔心閔憐之慘悽兮願一見而有明重無怨而生離兮中結軫而增傷明叶音芒重去聲傷一作傷○奇思謂忠信也有明有以自明也重深念也豈不鬱陶而思君兮君之門以九重猛犬狺狺而迎吠兮關梁閉而不通狺音銀○書云鬱陶乎予心雖思見君而君門深邃不可至也天子有九門謂關門遠郊門近郊門城門皐門庫門雉門應門路門也狺犬爭吠聲皇天淫溢而秋霖兮后土

何時而得漧塊獨守此無澤兮仰浮雲而永歎溘下而一作兮漧與乾同一作乾歎平聲○衆人皆蒙君澤而我獨不霑潤故仰望而長歎也

右四

何時俗之工巧兮背繩墨而改錯卻騏驥而不乘兮策駑駘而取路當世豈無騏驥兮誠莫之能善御見執轡者非其人兮故駶跳而遠去鳧鴈皆唼夫粱藻兮鳳愈飄翔而高舉錯七故反不一作弗駑音奴駘音臺一無者字駶音局跳徒聊反一作駒跳一作駒䮦皆非是鴈一作鵞唼音翣一無夫字愈一作俞翔一作飄舉叶音倨○騏驥良馬喻賢才也駑駘喻不肖御謂御馬者此言

今世豈無賢才但君不能用也馬立不常謂之駶跳躍也言彼賢才見君之不能用故寧遠引而去也唼喋鳧鴈食皃粱米名藻水草言羣小在位食重祿也鳳翔高舉言賢者避世竄山谷也

圜鑿而方枘兮吾固知其鉏鋙而難入衆鳥皆有所登棲兮鳳獨遑遑而無所集鑿音造枘音芮一無其字鉏狀所牀舉七魚二反鋙音語一無獨字遑一作惶○圜鑿方枘見騷經鉏鋙相距皃

願銜枚而無言兮嘗被君之渥洽太公九十乃顯榮兮誠未遇其匹合願一作顧○銜枚所以止言者也枚狀如箸橫銜之兩頭有繣結於項後渥厚也洽澤也太公事見前篇

謂騏驥兮安歸謂鳳凰兮安棲變古易俗兮世衰今之相者兮舉

肥相去聲○安歸安棲卽上文遠去高舉之意相者謂相馬者古語云相馬失之瘦相士失之貧卽舉肥之意也騏驥伏匿而不見兮鳳皇高飛而不
下鳥獸猶知褱德兮何云賢士之不處下叶音戶褱一作懷○言有德則異物可懷無德則同類難致驥不驟進而求服兮鳳
亦不貪餧而妄食君弃遠而不察兮雖願忠其
焉得餧於僞反○服駕車也言士不求君君當求士也欲寂漠而絕端
兮竊不敢忘初之厚德獨悲愁其傷人兮馮鬱
鬱其何極漠一作嘆一作寞馮一作憑其何一作之安○絕端謂滅其端緒不使人知也初之厚德卽上文嘗被渥洽也

右五

霜露慘悽而交下兮心尚幸其弗濟霰雪雰糅
其增加兮乃知遭命之將至願徼幸而有待兮
泊莽莽與壄草同死慘一作憯幸一作幸二字一作倘徉非是糅下其一作而徼古堯反泊一作汩莽莫古反下一有兮字壄一作埜並野字死叶去聲○霜露下而霰雪加喻衰亂之愈甚也泊止也莽莽草盛也幸望至冉而卒不能免也願自直而
徑往兮路壅絕而不通欲循道而平驅兮又未
知其所從然中路而迷惑兮自厭按而學誦性
愚陋以褊淺兮信未達乎從容竊美申包胥之

氣晟兮恐時世之不固直一作往往一作遊疑或當作逝欲一作願厭一作壓並益涉反按字从手誦叶夕恭反褊卑善反乎一作於此上四句一作然中路而迷惑兮悲蹭蹬而無歸性愚陋以褊淺兮自壓按而學詩蘭藉雜於蕭艾兮信未達其從容兮按歸詩與容不韻俗本誤也晟一作盛固當作同叶通從誦容韻○厭按皆抑止之意言欲速則不達欲緩則無門故自抑而止也學誦未詳王注以爲吟詩禮未知是否褊急也狹也從容宛轉委曲之意申包胥楚大夫也伍子胥得罪於楚將適吳見申包胥謂曰我必亡郢申包胥曰子能亡之我能存之子胥奔吳爲吳王闔閭臣興兵而伐楚破郢昭王出奔於是申包胥乃之秦請救兵鶴立於秦庭啼呼悲泣七日七夜不絕聲勺飲不入於口秦伯哀之爲發兵救楚昭王復國此言己能爲包胥之事但恐時世不同不爲人所信耳

何時俗之工巧

兮滅規榘而改鑿獨耿介而不隨兮願慕先聖之遺教處濁世而顯榮兮非余心之所樂與其無義而有名兮寧窮處而守高鑿叶音造教叶音告樂叶五告反高叶孤到反又苦浩反

食不媮而爲飽兮衣不苟而爲溫竊慕詩人之遺風兮願託志乎素餐蹇充倔而無端兮泊莽莽而無垠無衣裘以御冬兮恐溘死而不得見乎陽春媮他鈎反一無兩而字餐一作飡音孫倔俱物巨物二反御音禦一作禦死下一無而字()媮即偷也言衣食固非不欲其溫飽但不可以非義而苟媮以得之耳故寧不素餐無衣裘而饑凍以死也詩人言不素餐兮見伐檀篇素空餐食也

謂無功德而空食其祿也充倔記作充詘注謂喜失節皃御止也

右六 舊本此章誤分竊美申包胥以下爲別章幷誤以同字爲固字既斷語脉又不叶韻又使章數增減不定今皆正之

靚杪秋之遥夜兮心繚悷而有哀春秋逴逴而日高兮然惆悵而自悲四時遞來而卒歲兮陰陽不可與儷偕 靚音靜一作靚千定反冷寒也繚音了悷盧帝反又音列又作例哀如字又叶音衣逴竹角反悲叶補皆反又如字遞本作遞一作迭儷音戾偕如字又叶居支反○靚與靜同杪末也繚繚繞也悷悲結也逴遠也遞更易也儷偶也不可偶而與之偕言彼去而己留也 白日晼晚其將入兮明月銷鑠而減毁

歲忽忽而遒盡兮老冉冉而愈弛心搖悅而日幸兮然怊悵而無冀中憯惻之悽愴兮長太息而增欷 晼音宛忽一作曶遒字由反老一作壽愈弛一作俞弛音義同搖一作遥一作愮幸一作幸冀叶上聲之一作而欷叶上聲○晼晚景昳也入落也銷鑠滅毁謂缺也弛放也搖動也冀望也心謂既老將有所遇故搖悅而日幸然卒自知其無所望也 年洋洋以日往兮老嵺廓而無處事亹亹而覬進兮蹇淹留而躊躇 以一作而嵺一作嵺覬音冀躇叶丈呂反○嵺廓空也

右七

何氾濫之浮雲兮猋壅蔽此明月忠昭昭而願

見兮猋霒曀而莫達氾與泛同猋卑遙反靄一作薶然一作蔽霒音陰一
作雺○猋速疾皃言浮雲之蔽月以比讒賊之害賢也霒雲覆日也曀陰風也願皓日
之顯行兮雲蒙蒙而蔽之竊不自料而願忠兮
或黕點而汙之蒙一作濛料一作聊黕丁感反汙烏故反此二之字叶韻○料
量也黕點垢汙沾辱也堯舜之抗行兮瞭冥冥而薄天何
險巇之嫉妒兮被以不慈之偽名瞭音了一作杳音義並見
九章彼日月之照明兮尚黯黮而有瑕何況一國
之事兮亦多端而膠加黯鄔感反黮徒感反有瑕一作不假非是膠豪
加丘加二反○黯黮雲黑黯黮日月使有瑕也膠加戾也被荷裯之晏晏兮

然潢洋而不可帶既驕美而伐武兮負左右之
耿介憎慍惀之脩美兮好夫人之慷慨衆踥蹀
而日進兮美超遠而逾邁農夫輟耕而容與兮
恐田野之蕪穢事綿綿而多私兮竊悼後之危
敗世雷同而炫曜兮何毀譽之昧昧被音披又如字裯音
刀晏一作炅潢户廣反洋音養驕一作憍耿古幸反慍惀好夫慷慨踥蹀逾並見九章穢叶烏惟
反綿綿一作緜緜○此亦謂有美名而無實用者也驕美自矜其美也伐武自誇其武也負恃
也左右侍臣也耿介亦剛勇之意也農夫輟耕而容與言不恤國政而嬉遊也多私徇己意任
女謁聽讒言之類也雷同雷聲相似有同無異也人君矜能自用荒怠邪僻臣下又承其意莫

之敢違是以毀譽不核而聰明蘙薉國事膠加也今脩飾而窺鏡兮後尚可以竄藏願寄言夫流星兮羌倏忽而難當卒蘙薉此浮雲兮下暗漠而無光今一作余窺一作視倏一作倏卒一作上壅一作蘙○脩飾窺鏡謂脩德行政而聽人言考往事以自鑑也尚可竄藏言尚可以潛伏而不至於滅亡也寄言欲附此言以諫誨其君也流星既不可值則卒爲蘙薉而不可解矣

右八此章首尾專言蘙薉之禍而舊本誤分荷裯以下爲別章今正之

堯舜皆有所舉任兮故高枕而自適諒無怨於天下兮心焉取此怵惕乘騏驥之瀏瀏兮馭安

用夫強策諒城郭之不足恃兮雖重介之何益舉一作專焉一作安乘一作六瀏流柳二音強巨良反策一作筴○瀏瀏言如水之流也言所任得人無怨於下則不假威刑自成美化不然則雖有城郭甲兵不足恃矣邅翼翼而無終兮忳惛惛而愁約生天地之若過兮功不成而無効忳徒渾反惛音昏約叶音要○邅行不進約窮約也生天地謂人生天地之間也若過言如行所經歷不久留也古詩云人生天地間忽如遠行客是也願沈滯而不見兮尚欲布名乎天下然潢洋而不遇兮直恂愁而自苦不一作無下叶音戶恂愁一作怐愗上蕭寇二音下音茂苦一作若一作善皆非是○恂愁愚也言欲退而自脩以立名於世然亦未有所遇以著其節

空愚昧而自苦耳莽洋洋而無極兮忽翱翔之焉薄國有驥而不知棄兮焉皇皇而更索更平聲索山格反叶蘇各反寗戚謳於車下兮桓公聞而知之無伯樂之善相兮今誰使乎譽之罔流涕以聊慮兮惟著意而得之紛忳忳之願忠兮妬被離而鄣之謳下一有歌字相息亮反譽一作訾音貲忳一作純被一作披鄣一作彰非是○寗戚見前篇著意猶言著乎心言存於心而不釋也桓公惟心常在於求賢故聞寗戚之歌而知其非常人也忳忳專壹貌願賜不肖之軀而別離兮放遊志乎雲中乘精氣之摶摶兮鶩諸神之湛湛驂白霓之習習兮歷羣靈之豐豐志一作意摶度官反湛舊音羊戎反驂一作參一作六靈一作神○既為鸞姤所鄣故願乞身而去也精氣謂日月摶與團同湛湛厚集皃習習飛動皃豐豐言多也左朱雀之茇茇兮右蒼龍之躣躣屬雷師之闐闐兮通飛廉之衙衙雀一作榮非是茇一作茷一作拔皆音旆一作芺於表反非是躣其俱反又作躩音同屬之欲反闐音田通一作道衙五乎反又牛呂反又音魚○茇茇飛揚之皃躣躣行皃闐闐鼓聲衙衙亦行皃前輕輬之鏘鏘兮後輜乘之從從載雲旗之委蛇兮扈屯騎之容容輕一作輊音致非是輬音涼從楚紅反委一作逶虵徒渾反○輕輬車之輕而有窻者招䰟注云軒輬皆輕車名是也鏘鏘從從皆其鸞聲也輜輧車前衣車後者

楚辭卷第七　　集註

招魂第九

招魂者宋玉之所作也古者人死則使人以其上服升屋履危北面而號曰臯某復遂以其衣三招之乃下以覆尸此禮所謂復而說者以爲招魂復魄又以爲盡愛之道而有禱祠之心者蓋猶冀其復生也如是而不生則不生矣於是乃行死事此制禮者之意也而荊楚之俗乃或以是施之生人故宋玉哀閔屈原無罪放逐恐其魂魄離散而不復還遂因國俗託帝命假巫語以招之以禮言之固爲鄙野然其盡愛以致禱則猶古人之遺意也是以太史公讀之而哀其志焉若其譎怪之談荒淫之志則昔人蓋已誤其譏於屈原今皆不復論也

朕幼清以廉潔兮身服義而未沬主此盛德兮牽於俗而蕪穢潔一作絜沬莫昧反穢烏會反或疑主上有朕字○此宋玉代

爲屈原之詞言朕者爲原之自朕也幼少也言其性然也清者其志之不離廉者其行之有辯潔者其身之不汚服行也沬與昧同牽引也蕪穢田不治而多草也又言己之所行雖常以此盛德爲主然而牽於世俗亦不能無所蕪穢蓋其自厲之嚴而常恐不善之加乎己也

上無所考此盛德兮長離殃而愁苦

離一作罹此兩句通下章爲一韻○上君也考察也

帝告巫陽曰有人在下我欲輔之魂魄離散汝筮予之

巫一作至在一作於下叶音戶輔叶音甫予音與一作與○帝天帝也女曰巫陽其名也玉假立天帝及巫陽以爲辭端人謂屈原也宋玉設帝告巫陽有賢人在下我欲輔之然其魂魄離散身將顛沛故使巫陽筮問所在求而與之使一反其身也

巫陽對曰掌㝱上帝其命難從若必筮予之恐後之謝不能復用巫陽焉

㝱音夢一作夢一無命字之謝一作謝之一無之字陽叶弋公反○此一節巫陽對語不可曉恐有脫誤然其大意似謂帝命有不可從者如必筮其所在而後招以與之則恐其離散之遠而或後之以至徂謝且將不得復用巫陽之技矣

乃下招曰魂兮歸來去君之恒幹何爲乎四方些舍君之樂處而離彼不祥些

歸來一作倈歸恒胡登反一無乎字乎一作兮些蘇賀反舍一作捨離一作羅○巫陽既對如上語即不復筮亦不俟帝命之可否而徑下招於四方庶其末遠而或值之也恒常也幹體也些說文云語詞也沈存中云今夔峽湖湘及南北江獠人凡禁呪句尾皆稱些乃楚人舊俗西域呪語末皆云娑婆訶亦三合而爲些一也舍置也祥善也此下乃歷詆上下四方之不善而盛稱楚國之樂也

魂兮歸來東方不可以託些長人千仞惟魂是索些十日代出流金鑠石些彼皆習之魂往必釋些歸來歸來不可以託些索叶先各反鑠詩若反石叶時若反釋叶詩若反歸來歸來一作魂兮歸來一作歸來兮通下六章並同○託寄也八尺曰仞索求也言東方有長人之國人高千仞主求人魂而食之也鑠銷也言東方有扶桑之木十日並在其上以次更行其熱酷烈金石堅剛皆爲銷釋也彼謂其處居人也釋解也魂兮歸來南方不可以止些雕題黑齒得人肉以祀以其骨爲醢些蝮蛇蓁蓁封狐千里些雄虺九首徃來儵忽吞人以益其心些歸來歸來不可以久淫些黑一作墨一無肉字以一作而醢叶呼彼反蝮音福蓁音臻虺許鬼反儵一作倏一無以字○雕畫也題額也雕刻其肌以丹青涅之也南人常食蠃蚌得人之肉則用以祭神復以其骨爲醬而食之今湖南北有殺人祭鬼者即其遺俗也蝮大蛇也蓁蓁積聚之皃山海經蝮蛇色如綬文大者百餘斤一名反鼻蛇封狐大狐也健走千里求食也虺亦蛇也九首一身九頭也儵忽疾急皃說已見天問矣淫淹也魂兮歸來西方之害流沙千里些旋入雷淵爢散而不可止些幸而得脫其外曠宇些赤螘若象玄蠭若壺些五穀不生藂菅是食些其土爛人求水無所得些彷徉無所倚廣大無所極些歸來歸來恐自遺賊

些旋辭戀反淵一作泉非是蓋避唐諱也靡莫爲反㚔一作幸螘一作蟻逢一作蜂一作蠭
並音峯壺叶行古反蘽一作叢菅一作蕑並音姦彷蒲忙反一作彷徉一作佯遺巳季反〇流
沙已見騷經靡碎也曠宇無人之土也螘蚍蜉也壺乾瓠也蘽叢生也菅茅屬高者至丈餘可
以食牛言其地不生五穀其人但食此菅草也又言西方之土溫暑而熱燋爛人肉渴欲求水
不可得之今環靈之間有旱海六七百里無水泉即其證也倚依也四方之土廣大遙遠無所
臻極雖欲彷徉求所依止不可得也自遺賊予賊害也魂兮歸來北方不
可以止些增冰峨峨飛雪千里些歸來歸來不
可以久些久叶居止反〇言北方常寒其冰重累峨峨如山涼風急時猋雪隨之飛
行千里乃至地也魂兮歸來君無上天些虎豹九關啄

害下人些一夫九首拔木九千些豺狼從目往
來侁侁些懸人以娭投之深淵些致命於帝然
後得瞑些歸來歸來往恐危身些上上聲天叶鐵因反千叶
七因反從即容反又足用反非是侁叶式中反一作莘懸一作縣娭一作嬉許其反一作娛淵
叶一因反瞑叶芒丁反一作眠〇虎豹九關言天門九重虎豹守之下人有欲上者則齧殺之
也又有犬夫一身九頭從朝至暮拔大木九千枚也從豎也侁侁衆皃投擿也豺狼得人先懸
其頭用之娭戲已乃擿於深淵而弃之也瞑卧也言投人已訖致其所受之命於天帝然後乃
得眠卧也魂兮歸來君無下此幽都些土伯九約其
角觺觺些敦脄血拇逐人駓駓些參目虎首其

身若牛些此皆甘人歸來歸來恐自遺災些一無
此字都叶丁奚反觺一作觺音疑又牛力反脄
一作脢並音梅又每妹二音拇莫垢反又音母
駓音丕參一作三蘇甘反牛叶魚奇反遺去聲
災一作菑與災同叶子私反〇幽都地下后土
所治也地下幽冥故稱幽都土伯后土之侯伯
也約屈也觺觺角利皃其身九屈有角觺害人
也敦厚也脄背也拇手大指也駓駓走皃
參三也甘美也言此物食人以爲甘美也魂兮
歸來入脩門些工祝招君背行先些秦篝齊縷
鄭綿絡些招具該備永嘯呼些魂兮歸來反故
居些門叶莫連反背音倍篝古侯反綿一作緜
絡叶力户反呼叶胡故反居叶舉慮反〇
脩門郢城門也已見九章工巧也男巫曰祝背
倍也倍行以鄉魂先行以導之也篝落也又曰

籠也可熏衣縷綫也綿纏也絡縛也秦齊鄭蓋
其國工善爲此也招具即謂此上三物禮所謂
上服也該亦備也
嘯呼即所謂皐也天地四方多賊姦些像設君
室靜閒安些地一作壂一作壂君一作居間音
閑〇賊害也姦惡也即上所言虎
豹之等也像蓋楚俗人死則
設其形貌於室而祠之也高堂邃宇檻層軒
些層臺累榭臨高山些網户朱綴刻方連些冬
有突厦夏室寒些川谷徑復流潺湲些光風轉
蕙氾崇蘭些經堂入奥朱塵筵些網一作罔突
於叶反厦胡
雅反一作夏川一作谿徑一作經氾音泛經一
作徑古作陛奥烏到反古作隩〇邃深也檻楯
也從曰檻横曰楯軒樓版也層累皆重也無木
謂之臺有木謂之榭又曰九星無室曰榭臨高

山言其高出於山上而下臨其山也網户者以木爲門扉而刻爲方目使如羅網之狀即漢所謂罘罳而程泰之以爲今之亮隔其説是也朱綴者以朱丹飾其交綴之處使其所刻之方相連屬也窔深也隱暗也爾雅東南隅謂之窔廈大屋也謂温室也盛夏暑熱則有洞達陰堂其内寒涼也流源爲川注谿爲谷徑過也復反也言所居之舍激導川水徑過園庭回通反復其流急疾又潔淨也光風謂雨止日出而風草木有光也轉摇也氾猶汎汎摇動皃也崇高也西南隅謂之奥塵承塵也筵竹席也鋪陳曰筵藉之曰席言風自蘭蕙之間經由堂中以入於奥與塵筵之間也

砥室翠翹挂曲瓊些翡翠珠被爛齊光些蒻阿拂壁羅幬張些纂組綺縞結琦璜些

砥音咫翹祈堯反挂一作絓古賣反瓊叶渠陽反蒻音弱幬音儔纂作管反一作綦纂組音祖縞音杲琦一作奇璜音黄○砥礪石也穀梁云天子之桷斲之礱之加密石焉注云以細石磨之翹鳥尾長毛也挂懸也曲瓊玉鉤也翡赤羽雀翠青羽雀蒻蒻席也阿曲隅也拂薄也以蒻席替壁之曲也幬禪帳也纂綦組綬類也纂似組而赤綺文繒也縞細繒也言幬帳皆用綺縞又以纂組結束玉璜爲飾也

室中之觀多珍怪些蘭膏明燭華容備些二八侍宿射遞代些

珍俗作环怪俗作恠燭一作爥備叶步介反射音亦遞一作遰○金玉爲珍詭異爲怪蘭膏以蘭香煉膏也華容謂美人也二八二列也大夫有二列之樂故晉悼公賜魏絳女樂二八歌鍾二肆也射猒也遞更也意有猒倦則使更相代也

九侯淑女多迅衆些盛鬋不同制實滿宮些

衆叶直恭反鬋音翦○九侯淑女設言商九侯之女入之紂而不喜淫者也迅衆未詳鬋

鬒也制法也盛飾理鬒其制不同皆來實滿充後宮也容態好比順彌代

些弱顏固植謇其有意些好如字一去聲代叶徙系反一一作世植一

作立謇一作蹇〇態姿也比親也彌猶竟也自始來至代去柔順如一也弱顏固植貌柔弱而

立堅定也謇語詞姱容脩態絙洞房些蛾眉曼睩目騰

光些姱苦瓜反絙古鄧反一作緪與亘同蛾一作娥曼音萬一作睇睩音祿〇姱好皃脩

長也絙竟也洞深也曼長而輕細之皃睩目睞謹也騰發也靡顏膩理遺視

矊些離榭脩幕侍君之閒些膩女吏反矊音綿一作[illegible]又作綿閒

音閑叶許研反〇靡緻也膩滑也遺視窃視也矊脈也方言驢瞳之子謂之矊注云矊邈也離

別也脩長也幕大帳也間閑暇也翡帷翠帳飾高堂些紅壁沙

版玄玉之梁些帳一作幬一無之字〇翡翠已見上紅赤白色沙丹砂也仰

觀刻桷畫龍蛇些坐堂伏檻臨曲池些芙蓉始

發雜芰荷些紫莖屏風文緣波些文異豹飾侍

陂陁些軒輬既低步騎羅些蘭薄戶樹瓊木籬

些魂兮歸來何遠為些桷音角蛇並叶徒河反緣一作綠陂音頗又

音波陁音駞一作陀輬音凉籬叶音羅為叶音訛〇桷椽也春秋刻栢宮桷此蓋刻為龍蛇而

彩畫之也坐堂伏檻堂可坐而檻可凭伏也芙蓉芰荷已見騷經屏風水葵也又名鳧葵又名

防風即荇菜也生水中莖紫色文緣波言葵之文采風起水動即緣波而生也陂陁長陛也言

侍從之人皆衣虎豹之文異采之飾侍衛階陛也或曰從君遊陂陁之中也軒曲輈藩車也輬

卧車也皆輕車也低俛也九車行之勢一低一
昂詩所謂如輊如軒者也此則指其方低而未
昂方輕而未軒之時而言耳徒行爲步乘馬爲
騎羅列也言官屬之從衛者羅列而待發也草
木叢生曰薄瓊木嘉木之美名也言蘭薄當户
而種又以嘉木爲籬落也何遠爲言何以遠去
爲哉室家遂宗食多方些稻粢穱麥挐黄粱些大
苦醎酸辛甘行些肥牛之腱臑若芳些和酸若
苦陳吴羹些胹鼈炮羔有柘漿些鵠酸臇鳧煎
鴻鶬些露雞臛蠵厲而不爽些穱音捉挐女居反醎一作鹹行
叶胡郎反腱居言反臑仁珠反一作腝音耎一
作胹音而又作㶡而兖反若一作弱羹叶音郎
胹音而一作臑一作濡炮蒲交反柘一作蔗臇
子兖反鶬音倉臛呼各反一作膗又音霍蠵一

作蠵音携又以規煎圭二反爽叶音霜○室家
宗族也宗尊也言君既歸來則室家之衆皆來
宗尊當爲設食其方法多端也稻稌秔稬二米
也粢稷也亦名穄穱擇也穱麥稻處種麥而擇
取其先熟者也挐糅也黄粱出蜀漢商浙間亦
種之香美逾於諸粱号爲竹根黄言此數種之
米相雜爲飯也大苦豉也鹹鹽也酸酢也辛謂
椒薑也甘謂飴蜜也腱筋頭也臑若熟爛也或
曰若謂杜若用以煑肉去腥而香也若苦之若
則訓及也吴羹吴人工作羹也胹煑也羔羊子
也炮合毛裹物而燒之也柘藷蔗也言取藷蔗
之汁爲漿飲也鵠鴻鵠也酸以酢漿烹之爲羹
也臇臛少汁也鳧野鴨也鴻鴻鴈也鶬鶬鶴也
露雞露棲之雞也有菜曰羹無菜曰臛蠵大龜
之屬也厲烈也爽敗也楚人名羹敗曰爽老子曰五味令人口爽粔籹蜜餌有
餦餭些瑶漿蜜勺實羽觴些挫糟凍飲酎清涼

些華酌既陳有瓊漿些歸反故室敬而無妨些粔音巨籹音女一音汝餦音張餭音皇䬳古本如此今作蜜非是勺音酌又時斫反挫宗卧反酎直又反歸下一有來字一別有歸來歸來四字而反上亦無來字○粔籹環餅也吳謂之膏環亦謂之寒具以蜜和米麪煎熬作之餌擣黍爲之方言謂之餻者也餦餭餳也以糵熬米爲䬳見禮經通作羃以疏布蓋尊也勺挹酒器也之亦謂之飴此則其乾者也瑶漿粲色如玉者實蒲也羽觴飲酒之器爲生爵形似有頭尾羽翼也言舉羃用勺酌酒而實爵也挫捉也凍冰也酎醇酒也言盛夏則爲覆蹙乾釀捉去其糟但取清醇居之冰上然後飲之酒寒涼又長味好飲也酌酒斗也言君魂歸反所居故室子孫承事恭敬長無禍害也

肴羞未通女樂羅些敶鍾按鼓造新歌些涉江采菱發揚

荷些美人既醉朱顏酡些娭光眇視目曾波些被文服纖麗而不奇些長髮曼鬋豔陸離些敶一作陳按一作桉菱一作蔆揚一作陽荷一作阿酡徒何反一音馱一作酡一作佗娭一作嬉奇叶古何反髮一作鬢離叶力戈反○肴骨體又葅也致滋味爲羞按猶擊也荷當作阿涉江采菱揚阿皆楚歌名酡飲而赭色著面娭戲也眇眺也曾重也文謂綺繡纖細也不奇奇也

二八齊容起鄭舞些衽若交竿撫案下些竽瑟狂會搷鳴鼓些宮庭震驚發激楚些吳歈蔡謳奏大呂些衽而甚反一作袵撫案一作撫抵下叶音户搷一作填田殿二音疑當从入聲讀歈音俞奏一作秦非是○鄭舞鄭國之舞也衽衣襟也言舞人迴轉衣襟相交如竽也撫案

下者以手撫案其節而徐行也狂猶猛也搷急
擊如投擲之勢者也激楚歌舞之名即漢祖所
謂楚歌楚舞也此言狂會搷鼓震驚激楚即大
合衆樂而爲高張急節之奏也吳蔡國名也歈
謳皆歌也大呂律名士女雜坐亂而不分些放敶組纓班
其相紛些鄭衛妖玩來雜陳些激楚之結獨秀
先些敶一作陳班一作斑陳一作敶結古詰反先叶蘇津反○組綬也纓冠系也妖玩妖
好可玩之物也結頭髻也激楚之結蓋歌舞此曲者之飾也秀先言秀異而先進於衆也箟
蔽象棊有六簙些分曹並進遒相迫些成梟而
牟呼五白些晉制犀比費白日些鏗鐘搖簴揳
梓瑟些箟音昆一作琨蔽一作蔽簙音博一作博迫叶補各反梟堅堯反白叶蒲各反

比頻二反費芳未反日叶音若鏗苦耕反一作鏗音同簴其舉反揳古八反一作戞瑟叶音朔
○箟竹名蔽字從竹簙箸也博雅云投六箸行六棊故爲六簙也言宴樂既畢乃設六簙以箟
簬作箸象牙爲棊也曹偶也遒亦迫也投箸行棊轉相遒迫使不得擇行也倍勝爲牟五白簙
齒也言己棊已梟當成牟勝故呼五白以助投也晉制犀比謂晉國工作簙棊箸比集犀角以
爲雕飾費耗也費白日言博者爭勝耽著不已耗損光陰也鏗撞也搖動也簴縣鐘格揳擊也
娛酒不廢沈日夜些蘭膏明燭華鐙錯些結撰
至思蘭芳假些人有所極同心賦些酎飲盡歡
樂先故些魂兮歸來反故居些夜叶羊茹反燭一作爥鐙音登
一作雕假叶音故一音格酎一作酌飲下一有既字居叶舉虛反○不廢猶言不已也沈沈湎

也鐙錠也徐鉉曰錠中置燭故謂之鐙華謂其刻飾華好或爲禽獸之形也錯置也撰述也假大也謂結述其深至之情思爲詞以相樂如蘭芳之甚大也極傾倒竭盡也賦者不歌而誦其所撰之詞也蓋人各以其所極而同心陳之也先故舊事也陳嬰母曰汝家先故未曾貴是也

亂曰獻歲發春兮汨吾南征菉蘋齊葉兮白芷生路貫廬江兮左長薄倚沼畦瀛兮遙望博汩于筆反征下一有些字芷生下同一至騁先下皆同菉蘋音並見騷經○獻歲言歲始來進也汨去皃菉蘋芷皆已見上貫穿過也廬江長薄皆地名左者行出其右也倚依也沼池也畦猶區也瀛池中也楚人名池澤中曰瀛依已

青驪結駟兮齊千乘懸火延起兮玄顏烝步及驟處兮誘騁先抑騖若通兮引車右還與王趨夢兮課後先君王親發兮憚青兕驪呂知反烝叶之孕反一作蒸還叶音旋一作旋夢音蒙一去聲先叶音私柏梁詩此字入時韻也憚當割反兕叶音詞○自此以下盛言畋獵之樂以招之也純黑爲驪結連也四馬爲駟懸火懸鐙也玄天也顏容也言夜獵懸鐙林中其火延及燒於野澤上烝玄天使天赤色也步及驟處步行而及驟馬所至之處言走之疾也誘蓋爲前導而馳騁以先誘獵衆若儀禮射儀之有誘射也若順也止馳騖者使順通獵事引車右轉以射獸之左也夢澤名楚有雲夢澤方八九百里跨江兩岸雲在江北今玉沙監利景陵等縣是也夢在江南今公安石首建寧等縣是也憚懼也兕似牛一角青色重千斤言王親發矢以射青兕中之而懼走也

朱明承夜兮時不可淹皐蘭

被徑兮斯路漸可一作見一無可字一可下有以字皆非是漸音尖一作瀐○朱明日也承續也淹久也日夜相承四時不得淹止皋澤也被覆也徑路也漸沒也春深則草盛水生而路沒也湛湛江水兮上有楓目極千里兮傷春心魂兮歸來哀江南楓叶孚金反南叶尼金反○楓木名也似白楊葉圓而岐有脂而香厚葉弱枝善搖至霜後葉丹可愛故騷人多稱之目極千里言湖澤博平春時草短望見千里令人愁思也玉意欲使原復歸郢故言江南之地可哀如此不宜久留也

大招第十

大招不知何人所作或曰屈原或曰景差自王逸時已不能明矣其謂原作者則曰詞義高古非原莫及其不謂然者則曰漢志定著原賦二十五篇今自騷經以至漁父已充其目矣其謂景差則絕無左驗是以讀書者往往疑之然今以宋玉大小言賦考之則凡差語皆平淡醇古意亦深靖間退不爲詞人墨客浮夸豔逸之態然後乃知此篇決爲差作無疑也雖其所言有未免於神怪之惑逸欲之娛者然視小招則已遠矣其於天道之詘伸動靜蓋若粗

識其端倪於國體時政又頗知其所先後要爲近於儒者窮理經世之學予於是竊有感焉因表而出之以俟後之君子云

青春受謝白日昭只春氣奮發萬物遽只冥淩浹行魂無逃只魂魄歸徠無遠遥只只音止遽叶渠驕反

歸徠一作徠歸後並同○青東方春位其色青也謝去也言玄冬謝去而青春受之也白日昭者冬寒則日無光輝故春氣和暖而後白日昭明也只語已詞遽猶競也言春氣奮發而萬物忽遽競起而生出也冥幽暗也淩冰凍也浹周洽也言春氣既發幽暗冰凍之地無不周浹而流行故魂魄之已散而未盡者亦隨時感動而無所逃於是及此時而招之欲其無遠去而卽

歸來也祭義所謂春雨露既濡君子履之必有怵惕之心如將見之故禘有樂以迎其來意亦如此非嘗覃思於有無動靜之間者不能知也讀者宜深玩之

魂乎歸徠無東無西無南無北只乎一作兮徠一作兮下並同無東無西無南無北一作無東西而南北

東有大海溺水浟浟只螭龍並流上下悠悠只霧雨淫淫白皓膠只魂乎無東湯谷宗寥只按下章例此句上當有魂乎無東四字溺一作弱浟音悠悠悠一作攸攸一作滫滫皓一作浩膠叶居幽反一音豪寂寥叶力求反一無寥字非是○悠悠螭龍行皃皓膠冰凍皃皓然正白回錯膠戾也湯谷日之所出其地無人視聽宗然無所見聞也

魂乎無南

南有炎火千里蝮蛇蜒只山林險隘虎豹蜿只

鰅鱅短狐王虺騫只魂乎無南蜮傷躬只蜒音延林一作陵蜿音鴛鰅魚恭反鱅以恭反騫讀若騫音軒蜮音域一音或躬叶居延反○蜒長皃也蜿虎行皃鰅魚名皮有文鱅魚音如彘鳴短狐蜮也說文曰蜮似鼈三足陸機曰一名射影人在岸上影見水中投人影則射之或謂含沙射人孫思邈云亦名射工其虫無目而利耳能聽聞人聲便以口中毒射人王虺大蛇也騫舉頭皃也

魂乎無西西方流沙漭洋洋只豕首縱目被髮鬤只長爪踞牙誒笑狂只魂乎無西多害傷只漭母朗反縱將容反鬤而羊反一作長長爪一作豕爪踞音據一作倨疑當作鋸誒音嬉○漭水大皃洋洋無涯皃縱直豎也鬤鬤髮亂皃鋸牙言其牙如鋸也誒強笑也言西方有神其狀如此能傷害人也

魂乎無北北有寒山逴龍赩只代水不可涉深不可測只天白顥顥寒凝凝只魂乎無往盈北極只逴音卓一作卓赩許力反代一作伐顥音皓凝一作嶷魚力反○逴龍山名赩赤色無草木皃顥顥光皃凝凝冰凍皃盈北極言此冰凍滿北極也

魂魄歸徠間以靜只自恣荊楚安以定只逞志究欲心意安只窮身永樂年壽延只魂乎歸徠樂不可言只安叶一先反永一作安

五穀六仞設菰粱只鼎臑盈望和致芳只內鶬鴿鵠味豺羹只魂乎歸徠恣所嘗只菰音孤一作苽臑仁朱反一作胹一作臡一作腩徒南反內與納同一作肭鶬音倉羹叶力當反○五穀稻稷麥豆麻也

伃仲臂一尋八尺也言積穀之多也設施也苽
粱蔣實一名雕葫腬熟也致致醎酸也芳謂椒
薑也内與胹同肥也鵠即鶴鴰也鴿似
鵝而小青白鶬有白鶬有黃鶬豺似狗鮮蠵甘
雞和楚酪只醢豚苦狗膾苴蓴只吳酸蒿蔞不
沾薄只魂兮歸徠恣所擇只蠵一作鑴豚一作
豰一作𦛨音同苴
即魚反蓴普各反一四沃反一作蒡酸蒿蔞一
作酢醬醶醬音模醶音途沾音添兮一作乎擇一
叶徒各反○生潔為鮮蠵大龜也酪乳漿也醢
肉醬也苦以膽和醬也世所謂膽和者也苴蓴
一名蘘荷本草云葉似初生甘蕉根似薑牙蒿
切以為香也蒿白蒿春生秋乃香美可食蔞蒿
也葉似艾生水中脆美可食沾多汁也薄無味
也言吳人工調醎酸爚蒿蔞以為虀其味不醲
不薄適
甘美也炙鴰烝鳧煔鶉敶只煎鰿臛雀遽爽存

只魂乎歸徠麗以先只炙音拓鴰古活反一作
鶬鳧一作梟煔音潛鰿
積賾責三音臛一作臛存叶祖陳反麗一作進
先叶桑津反○炙燔肉也鴰麋鴰也煔爚也鶉
鴽也鰿小魚也四酎并孰不澀嗌只清馨凍歆
遽爽存未詳
不歠役只吳醴白蘖和楚瀝只魂乎歸徠不遽
惕只澀一作澁嗌叶音益一於革反歆一作飲
一作歠○酎三重釀酒秦月令云春釀之
孟夏始成漢亦以春釀八月乃成此云四酎則
是四重釀矣并俱也舊注以為四器俱熟未知
孰是也澀不滑也嗌咽喉也言不澀人之咽喉
也馨香之遠聞者也凍猶寒也不歠役未詳舊
注謂不以飲賤役之人言酒醇美役人飲之易
醉仆失禮故不以飲之也再宿為醴蘖米麴也
瀝清酒也言使吳人釀
醴和白麴以作楚瀝也代秦鄭衛鳴竽張只伏

戲駕辯楚勞商只謳和揚阿趙簫倡只魂乎歸

徠定空桑只代一作岱○代秦鄭衛當世之樂也伏羲之駕辯楚之勞商疑皆古曲名而未有考或謂伏羲始作瑟也徒歌曰謳揚阿即陽阿已見前篇趙簫趙國之簫也以趙簫奏揚阿爲先倡而謳以和之也空桑琴瑟名見周禮

二八接武投詩賦只叩鍾調磬娛人亂只四上競氣極聲變只魂乎歸徠聽歌譔只武一作舞賦與下亂變譔不叶未詳○接連也武迹也投合也詩賦雅樂關雎鹿鳴之類是也叩擊也金曰鍾石曰磬亂理也四上未詳譔具也

朱脣皓齒嫭以姱只比德好閒習以都只豐肉微骨調以娛只魂乎歸徠安以舒只嫭音護姱叶苦胡反比必寐反間音閑○嫭姱好皃好閒謂美好而閒暇習謂習於禮節都謂容態之美不鄙野也

嫮目宜笑娥眉曼只容則秀雅穉朱顏只魂乎歸徠靜以安只嫮與嫭同○嫮眄也曼長而輕約也則法也穉幼也

姱脩滂浩麗以佳只曾頰倚耳曲眉規只滂心綽態姣麗施只小腰秀頸若鮮卑只魂乎歸徠思怨移只姱脩滂浩一作脩脩廣婉心婉一作遠佳叶居宜反滂一作漫綽一作淖思怨一作怨思○脩長也滂浩廣大也佳善也曾重也倚辟也規圜也言面豐滿頰肉若重兩耳郭辟曲皆正圜也綽綽汋也鮮卑袞帶頭也言腰支細小頸鋭秀長若以鮮卑之帶約而束之也補曰鮮卑之帶漢匈奴傳所謂黃金犀毗孟康以爲要中大帶張晏以爲鮮卑郭洛帶瑞獸名東胡好服之

若也魏書曰鮮卑東胡別保鮮卑山因號焉移去也言可以忘去怨思也易中利心
以動作只粉白黛黑施芳澤只長袂拂面善留
客只魂乎歸徠以娛昔只澤叶待洛反客叶苦各反昔叶先約反一
作夕○易中利心皆敏慧之意芳澤芳香之膏澤也昔夜也青色直眉美目
嫮只靨輔奇牙宜笑嗎只豐肉微骨體便娟只
魂乎歸徠恣所便只嫮音綿靨於牒反輔一作酺扶羽反嗎虛延反便平
聲○青色謂眉也嫮美目皃輔頰車也左傳輔車相依嗎笑皃便娟好皃便猶安也夏屋
廣大沙堂秀只南房小壇觀絕霤只曲屋步壛
宜擾畜只騰駕步遊獵春囿只壇音善觀音貫霤音溜壛一作廊

櫩一作閻與簷同一作欄畜音嗅一作罶一作獸○沙丹沙也壇猶堂也觀猶樓也霤屋宇也
曲屋周閣也步櫩長砌也上林賦作步櫩李善云長廊也擾畜馴養禽獸也步遊亦言行遊耳
非必舍車而徒也瓊轂錯衡英華假只茝蘭桂樹鬱彌
路只魂乎歸徠恣志慮只瓊一作瑤假古路反一作瑕茝一作芷慮
一作處○假大也言所乘之車以玉飾轂以金錯衡英華照耀大有光明也彌竟也孔雀
盈園畜鸞皇只鵾鴻群晨雜鶖鶬只鴻鵠代遊
曼鷫鷞只魂乎歸徠鳳皇翔只畜許六反一作慉鶖音秋曼一
作漫鷫音肅鷞音霜○鵾鵾雞鴻鴻鵠也晨曰鳴也書曰牝雞無晨鶖鶬鶬鶖鶩也曼曼行也鷫
鷞長頸綠身似鴈曼澤怡面血氣盛只永宜厥身保壽

命只室家盈廷爵禄盛只魂乎歸徠居室定只怡一作台盛一作晠保壽一作長保○怡懌皃室家謂宗族盈廷滿朝廷也接徑千里出若雲只三圭重侯聽類神只察篤夭隱孤寡存只魂乎歸徠正始昆只神叶式云反夭一作殀兮一作乎○

接徑猶言通路也出若雲言人民衆多其出如雲也三圭謂公侯伯也公執桓圭侯執信圭伯執躬圭故曰三圭也重侯猶曰陪臣謂子男也蓋楚僭王號其縣宰皆號曰公如申公葉公之類其小者應亦比子男也聽類神者言其聽察精審如神明也篤厚也夭早死也隱幽蔽也孤者幼而無父者也寡者老而無夫者也察夭隱者而厚之則孤寡皆得其所矣昆後也正其始以及後人也

田邑千畛人阜昌只美冒衆流德澤章只先威後文善美明只魂乎歸徠賞罰當只畛之忍反明叶謨郎反當叶平聲○田野也邑居也周禮九夫爲井四井爲邑畛田上道也阜盛也昌熾也冒覆也章明也威武也言先以威武嚴民後以文德撫之既善美而又光明也

名聲若日照四海只德譽配天萬民理只北至幽陵南交阯只西薄羊腸東窮海只魂乎歸徠尚賢士只照一作昭海叶呼洧反理一作治尚一作進賢一作進士鉏里反○德譽配天言楚王脩德於内榮譽外發功德配天又能理萬民之寃結也幽陵幽州也交阯南夷其人足大指開析兩足並立指則相交羊腸山名山形屈辟狀如羊腸今在太原晉陽之西北言魂急歸徠楚方尚進賢士必見用也

發政獻行禁苛暴只舉傑壓陛

誅譏罷只直贏在位近禹麾只豪傑執政流澤施只魂乎歸徠國家爲只行下孟反禁一作絕暴不叶下韻未詳疑亦有皮音也壓於甲反一作厭陛一作階罷與疲同贏音盈傑一作俊執一作理○獻行令百官上其行治如周禮令羣吏致事漢法令郡國上計也舉傑壓陛延登俊傑使在高位以壓階陛也誅責而退之也譏罷衆所譏誚疲軟不勝任之人也直贏謂理直而才有餘者禹麾未詳國家爲言如此則國家可爲矣雄雄赫赫天德明只三公穆穆登降堂只諸侯畢極立九卿只昭質既設大侯張只執弓挾矢揖辭讓只魂乎歸徠尚三王只明叶謨郎反降一作王卿叶乞郎反讓叶如羊反○雄雄赫赫威勢盛也穆穆和美皃諸侯位次三公其班既絶乃使九卿立其下也昭質謂射侯所畫之地如言白質赤質之類也大侯謂所射之布如言虎侯豹侯之類也上手延登曰揖壓手退避爲讓致語以讓爲辭古者大射燕射鄉射之禮將射者皆執弓挾矢以相揖又相辭讓而後外射戰國時此禮巳廢久矣故景差特於卒章言此以招屈原之魂欲其徠歸而尚此三王之道以矯衰世之失也不特此耳其它若云察幽隱存孤寡治田邑阜人民禁苛暴流德澤舉賢能退罷劣亦三王之政也

楚辭卷第七

楚辭卷第八　　集註

惜誓第十一

惜誓者漢梁太傅賈誼之所作也誼洛陽人漢文帝聞其名召爲博士超遷至太中大夫納用其言議以任公卿之位絳灌之屬毀誼年少初學顓欲擅權紛亂諸事於是天子亦疎之以誼爲長沙王太傅三年復召以爲梁太傅數問以得失多欲有所匡建數年梁王騎墮馬死誼自傷爲傅無狀哭泣歲餘亦死死時年三十三矣史漢於誼傳獨載弔屈原服鳥二賦而無此篇故王逸雖謂或云誼作而疑不能明獨洪興祖以爲其間數語與弔屈賦詞指略同意爲誼作亡疑者今玩其辭實亦瓌異奇偉計非誼莫能及故特據洪說而并録傳中二賦以備一家之言云

惜余年老而日衰兮歲忽忽而不反登蒼天而高舉兮歷衆山而日遠設言高舉經歷衆山去日遠也觀江河

之紆曲兮離四海之霑濡攀北極而一息兮吸
沆瀣以充虛飛朱鳥使先驅兮駕太一之象輿
蒼龍蚴虬於左驂兮白虎騁而爲右騑建日月
以爲蓋兮載玉女於後車馳騖於杳冥之中兮
休息虖崑崙之墟以一作吕蚴於糾反虬渠糾反騑叶芳無反虖一作乎墟
丘於反○晋志云北極五星天運無窮三光迭
耀而極星不移故曰居其所而衆星共之淮南
云左青龍右白虎前朱鳥後玄武注云角亢爲
青龍參伐爲白虎星張爲朱鳥斗牛爲玄武沈
存中云朱雀莫知何物但謂鳥而朱者羽族赤
而翔上集必附木此火之象也或云鳥即鳳也
然天文家朱鳥乃取象於鶉南方七宿曰鶉首
鶉火鶉尾是也蓋鶉無尾故以翼爲尾云象輿

以象齒飾輿也玉女青要乘弋等也墟大丘也樂窮極而不猒兮願從
容虖神明涉丹水而駝騁兮右大夏之遺風黄
鵠之一舉兮知山川之紆曲再舉兮睹天地之
圜方臨中國之衆人兮託回颷乎尚羊乃至少
原之壄兮赤松王喬皆在旁二子擁瑟而調均
兮余因稱乎清商澹然而自樂兮吸衆氣而翺
翔念我長生而久僊兮不如反余之故鄉虖一作乎
明叶謨郎反駝一作馳風叶孚光反黄一作鴻
一或作壹睹一作覩一作知颷音標一作風一
作飊尚音常壄一作野喬一作僑澹一作淡○
願從容乎神明願與神明俱遊戲也丹水猶赤

水也大夏外國名也在西南黃鵠一飛則見山川之盘曲再舉則知天地之圜方居身益高所睹愈遠也少原之墜仙人所居均亦調也國語云律者所以立均出度也清商歌曲名五音各有清濁濁者本聲清者半聲也又言雖得長生久僊猶思楚國念故鄉忠信之至恩義之篤也

黃鵠後時而寄處兮鴟梟羣而制之神龍失水而陸居兮為螻蟻之所裁夫黃鵠神龍猶如此兮況賢者之逢亂世哉黃一作鴻鵠鴟鸋脂反梟堅堯反螻音婁蟻一作螘裁叶即詞反哉叶即思反○鴟鵂怪鳥梟不孝鳥螻螻蛄也蟻蚍蜉也裁制也

壽冄冄而日衰兮固儃回而不息俗流從而不止兮眾枉聚而矯直固一作國儃一作邅○矯揉也枉者自以為直又羣衆而聚合

則其黨盛而反欲揉直以為枉也

或偷合而苟進兮或隱居而深藏苦稱量之不審兮同權槩而就衡量平聲衡叶胡郎反○稱所以知輕重量所以別多少權稱錘也槩平斛木也衡平也權槩皆所以取平也

或推逡而苟容兮或直言之諤諤傷誠是之不察兮并紉茅絲以為索方世俗之幽昏兮眩白黑之美惡放山淵之龜玉兮相與貴夫礫石梅伯數諫而至醢兮來革順志而用國悲仁人之盡節兮反為小人之所賊逡一作移諤一作譊紉一作繩而無茅字眩下一有於字石叶時若反梅音浼醢一作菹一醢上別有菹字國叶姑霍反賊叶徂各反○

諤諤直言皃語曰千人之諾諾不如一士之諤諤周武諤諤以昌殷紂諾諾以亡來惡來也與華皆紂之佞臣也用國見用於國也比干忠諫而剖心兮箕子被髮而佯狂水背流而源竭兮木去根而不長非重軀以慮難兮惜傷身之無功剖一作割佯一作詳竭一作渴音同軀一作體功叶音光○背流而源竭疑當作背源而流竭王逸注云水背其源泉則枯竭似當時本末誤也傷身而無功若比干箕子是也已矣哉獨不見夫鸞鳳之高翔兮乃集大皇之壄循四極而回周兮見盛德而後下一無夫字大一作太壄一作野回一作徊而回周一作以周覽○大皇之壄大荒之藪言鸞鳳高飛於大荒之野循於四極回旋而戲見仁聖之王乃下來集歸於有德也以言賢者亦宜處山澤之中周流觀望見高明之君乃當仕也彼聖人之神德兮遠濁世而自藏使麒麟可得羈而係兮又何以異虖犬羊一無得字一係下有之字虖一作夫一作乎○言麒麟仁智之獸遠見避害常藏隱不見有聖德之君乃肯來出如使可得羈係而畜之則與犬羊無異不足貴也言賢者亦以不可枉屈爲高如可趍走亦不足稱也

弔屈原第十二

弔屈原者漢長沙王太傅賈誼之所作也誼以適去意不自得及過湘水時屈原沈汨羅已百餘年矣誼追傷之投書以弔而

因以自喻後之君子蓋亦髙其志惜其才

而狹其量云

恭承嘉惠兮竢罪長沙仄聞屈原兮自湛汨羅

造託湘流兮敬弔先生遭世罔極兮廼隕厥身

仄古側字湛古沈字羅叶盧加反造七到反○極止也詩曰讒人罔極

烏虖哀哉兮逢時不祥鸞鳳伏竄兮鴟鴞翺翔闒茸尊顯

兮讒諛得志賢聖逆曳兮方正倒植謂隨夷溷

兮謂跖蹻廉莫邪爲鈍兮鈆刀爲銛

鴟史記作梟闒吐盍反茸人勇反植音值跖之石反蹻居略反鈍史作頓銛息廉反○闒茸下材不肖之人也植立

也隨卞隨讓天下而不受夷伯夷讓國而餓死跖盜跖蹻莊蹻秦楚之大盜也莫莫邪寶劒名銛利也

于嗟默默生之亡故兮斡棄周鼎寶康瓠兮

騰駕罷牛驂蹇驢兮驥垂兩耳服鹽車兮章父

薦屨漸不可久兮嗟苦先生獨離此咎兮

默史作嚜斡音管罷讀曰疲或曰苦當作若易曰則嗟若史此一節兮字皆在句中寶上有而字○默默不自得意也生謂屈原也言其無故而遭此禍也斡轉也康瓠瓦盆底也蹇跛也驥駿馬也服駕也章甫冠名薦屨反在屨下也嗟咨嗟也苦勞苦也若語辭

誶曰

誶音碎史作訊○誶告也即亂辭也

已矣國其莫吾知兮子獨壹鬱其誰語

鳳縹縹其高逝兮夫固自引而遠去襲九淵之

神龍兮沕淵潛以自珍偭蟂獺以隱處兮夫豈
從蝦與蛭螾所貴聖之神德兮遠濁世而自藏
使麒麟可係而羈兮豈云異夫犬羊 吾史作我無兮予字

壹史作堙語去聲縹四遙反史作漂逝史作逝引史作絶沕音昧又于筆反偭音面蟂音梟獺音闥三字史作彌融爚又作弥蝎蝓蝦音遐蛭音質螾音引叶平聲臧古藏通○壹鬱猶怫鬱也縹輕舉皃襲重也九淵九旋之淵言至深也偭背也蟂獺皆水蟲害魚者蝦蛭螾亦水蟲之小者言龍自絶於蟂獺況肯從蝦與蛭螾乎

般紛紛其離此郵兮亦
夫子之故也歷九州而相其君兮何必懷此都
也鳳皇翔于千仞兮覽德煇而下之見細德之
險徵兮遙增擊而去之彼尋常之汙瀆兮豈容
呑舟之魚橫江湖之鱣鯨兮固將制乎螻螘 般音

班字从丹青之丹郵與尤同史作尤故叶音孤史作辜歷史作䀏覵也其君史無其字汙一胡反鱣升連反螻音婁螘蛄也螘與蟻同叶五居反○般反也離遭也郵過也歷經過也八尺曰仞增重也八尺曰尋倍尋曰常汙瀆不泄之水也鱣大魚無鱗口在腹下鯨魚長者數里

服賦第十三

服賦者賈誼之所作也誼在長沙三年有
服飛入誼舍止於坐隅服似鴞不祥鳥也
服訓狐也其名自呼故因而命之 誼以長沙卑溼自恐壽

不得長故爲賦以自廣太史公讀之歎其同死生輕去就至爲爽然自失以今觀之凡誼所稱皆列禦寇莊周之常言又爲傷悼無聊之故而藉之以自誑者夫豈真能原始反終而得夫朝聞夕死之實哉誼有經世之才文章蓋其餘事其竒偉卓絶亦非司馬相如輩所能彷彿而揚雄之論常高彼而下此韓愈亦以馬揚厠於孟子屈原之列而無一言以及誼余皆不能識其何説也是以因序其賦而并論之以俟後之君子云

單閼之歲四月孟夏庚子日斜服集余舍止于坐隅貌甚閒暇閼於葛反斜史作施叶音斜歲下史有兮字至篇終並同○太歲在卯曰單閼文帝六年丁卯也異物來崪私怪其故發書占之讖崪史作萃讖初禁反言其度史作策○崪聚也讖驗也曰野鳥入室主人將去問於子服余去何之吉虖告我凶言其灾淹速之度語余其期問於史作請問子史作于速史作數○子服者加之美稱也服乃太息舉首奮翼口不能言請

對以意萬物變化固亡休息意叶音億史作臆斡流而遷或推而還形氣轉續變化而嬗沕穆亡閒胡可勝言斡音管還音旋嬗音蟬與禪同沕音勿○斡斡轉也嬗相傳與也沕穆深微皃禍兮福所倚福兮禍所伏憂喜聚門吉凶同域伏叶蒲力反○倚伏二句老子之言彼吳彊大夫差以敗越棲會稽勾踐伯世勾音鉤伯讀作霸○會稽山名勾踐越王名避吳之難保於此山故曰棲也斯遊遂成卒被五刑斯李斯也遊於秦始皇以為丞相後為趙高所譖具五刑而死傅說胥靡乃相武丁傅說事已見騷經胥靡連鎖役作也夫禍之與福何異糾纆命不可測孰知其極纆音墨索也測史作識○糾絞也

水激則旱矢激則遠萬物回薄震盪相轉震史作振○水激則去速而流盡故旱也或曰旱與悍通雲烝雨降糾錯相紛大鈞播物坱圠無垠糾錯史作繆鈞史作專播史作槃坱烏朗反圠於黠反○造瓦者謂所轉者為鈞言造化為人亦猶陶之造瓦故謂之大鈞也坱圠無限齊也天不可與慮道不可與謀遲速有命烏識其時謀叶謨悲反速史作數烏史作惡且夫天地為鑪造化為工陰陽為炭萬物為銅以冶鑄為喻合散消息安有常則千變萬化未始有極則法也忽然為人何足控揣化為異物又何足患揣音團史作摶患音

環○控揣玩弄愛惜之意也 小智自私賤彼貴我達人大觀物亡不可 智史作知 貪夫徇財列士徇名夸者死權品庶每生 以身從物曰徇每貪也史作憑品庶猶庶品也 怵迫之徒或趨西東大人不曲億變齊同 怵音戌又丑六反億漢書作意今從史○怵爲利所誘也迫爲勢所逼也趨西東言所向不定也十萬爲億 愚士繫俗僒若囚拘至人遺物獨與道俱 僒音塊又欺全反史作攌華板反 衆人惑惑好惡積意真人恬漠獨與道息 惑史作或意於力反○積意言積之胷臆也恬安也漠靜也 釋智遺形超然自喪寥廓忽荒與道翱翔 喪息浪反叶平聲 乘流則逝得坎則止縱軀委命不私與已 坎史作坻謂水中小洲也 其生兮若浮其死兮若休澹虖若深淵之靚氾虖若不繫之舟 史無二兮字靚與靜同史作靜 不以生故自寶養空而游 寶漢書作保游漢書作浮今從史○養空而游若空舟也 德人無累知命不憂細故芥蔕何足以疑 蔕丑介反史作懘芥史作蔕疑叶音牛○芥蔕小草也

哀時命第十四

哀時命者梁孝王客莊忌之所作也

哀時命之不及古人兮夫何予生之不遘時往

者不可扳援兮徠者不可與期志憾恨而不逞兮杼中情而屬詩夜炯炯而不寐兮懷隱憂而歷茲心鬱鬱而無告兮衆孰可與深謀欿愁悴而委情兮老冉冉而逮之遘一作遭拔一作攀徠一作來憾乎闇反逞丑郢反杼常與反一作抒屬音燭炯古茗反一作烱隱一作殷謀叶謨悲反欿音坎情一作憒○遘遇也言自哀生時不及古賢聖之出而當貪亂之世也逞快也屬續也欿不自滿足意委情懈倦也居處愁以隱約兮志沈抑而不揚道壅塞而不通兮江河廣而無梁願至崑崙之懸圃兮采鍾山之玉英擥瑤木之橝枝兮望閬風之板

桐弱水汨其爲難兮路中斷而不通勢不能凌波以徑度兮又無羽翼而高翔然隱憫而不達兮獨徙倚而彷徉悵惝罔以永思兮心紆軫而增傷倚躊躇以淹留兮日飢饉而絕糧廓抱景而獨倚兮超永思乎故鄉廓落寂而無友兮誰可與玩此遺芳白日晼晚其將入兮哀余壽之弗將車既弊而馬罷兮蹇邅徊而不能行身既不容於濁世兮不知進退之宜當冠崔嵬而切雲兮劍淋離而從橫衣攝葉以儲與兮左袪挂

於槫桑右衽拂於不周兮六合不足以肆行上
同鑿枘於伏戲兮下合矩矱於虞唐願尊節而
式高兮志猶卑夫禹湯雖知困其不改操兮終
不以邪枉而害方世並舉而好朋兮壹斗斛而
相量衆比周以肩迫兮賢者遠而隱藏居一作兄以一
作呂並古字通一作逹英叶於良反擘一作擘橝大男大店二反一作撢板一作阪一作坂峒
叶音唐汨音骨又于筆反斷一作𢇍一作絕通一叶音湯以一作呂度一作渡闊一作閱彷徉一
作仿佯惝昌掌反呂一作而斬當作軫以一作呂絕古作𢇍糧一作粻乎一作兮乎下一有此
字晩一作苑弗一作不罷音疲徊一作廻行叶户郎反崔音摧淋音林攝之葉反一作僷與攝

反儲音宁又音佇挂一作絓槫一作扶與槫同桑一作桒與桑同行叶户郎反戲一作羲合一
作同矩一作規矩一作衺下同壹或作一斗一作外以一作而遠一作隱隱一作退〇鍾山在
崑崙山西北淮南言鍾山之玉燒之三日其色不變橝木名板桐山名也在閬風之上將猶長
也淋離長皃也言己雖不見容猶整飾冠劍與衆異也攝葉儲與不舒展皃袪袖也左袖挂於
槫桑右衽拂於不周以六合爲小不足肆行也比親也周合也爲鳳皇作鶉籠
兮雖翕翅其不容靈皇其不寤知兮焉陳詞而
効忠俗嫉妬而蔽賢兮孰知余之從容願舒志
而抽馮兮庸詎知其吉凶璋珪雜於甑窐兮隴
廉與孟陬同宮舉世以爲恒俗兮固將愁苦而

終窮幽獨轉而不寐兮惟煩懣而盈匈寃眇眇

而馳騁兮心煩寃之忡忡皇下一有而字僉歷及反翅一作翼一無

寤字詞一作辭馮一作憑一作懣一作愁璋一珪一作珪璋甑子孕反窐音攜又音蠹娵音鄒一

音須寃一作魂之一作而忡丑弓反○鶉鳥之小而無尾者從容言守道而自得也馮蒲也璋

半珪也珪玉瑞也甑瓦器所以炊者也窐甑帶也隴廉醜婦也孟娵好女也志欿憾

而不憺兮路幽昧而甚難塊獨守此曲隅兮然

欿切而永歎欿音坎憺大暫反○憺安也愁脩夜而宛轉兮

氣涫𤄷其若波握剞劂而不用兮操規榘而無

所施而一作之涫音館又官貫二音𤄷與沸同其一作而剞居綺反劂居衛反一無所字

施叶踈何反○剞劂刻鏤刀也應劭曰剞曲刀劂曲鑿騁騏驥於中庭兮

焉能極夫遠道置猨狖於櫺檻兮夫何以責其

捷巧猨一作蝯狖一作貁於一作于櫺音零捷一作㨗○櫺階際欄駟跛鼈而

上山兮吾固知其不能陞釋管晏而任臧獲兮

何權衡之能稱跛波可反○臧為人所賤繫也獲為人所係得也方言云臧獲

奴婢賤稱也箟簬雜於黀蒸兮機蓬矢以䠶革負擔

荷以丈尺兮欲伸要而不可得外迫脅於機臂

兮上牽聯於矰隿肩傾側而不容兮固陿腹而

不得息箟音昆簬音路黀音鄒擔都監反一作擔荷下可反於一作以臂一作辟呲亦

反增音增雉音弋一作弋不下一有得字陋音狹一作陿腹一作腸○箟簬竹箭也䉤麻藨也
蒸竹炬也背曰負肩曰檐丈尺言行於丈尺之下也機臂弩身也陿隘也務光自投
於深淵兮不獲世之塵垢孰魁摧之可久兮願
退身而窮處鑿山楹而爲室兮下被衣於水渚
霧露濛濛其晨降兮雲依斐而承宇虹霓紛其
朝霞兮夕淫淫而淋雨怊茫茫而無歸兮悵遠
望此曠野下垂釣於谿谷兮上要求於僊者與
赤松而結友兮比王僑而爲耦使梟楊先導兮
白虎爲之前後浮雲霧而入冥兮騎白鹿而容

與垢叶音古楹下而一作以一無下濛字一作朦朦斐音非一作霏依斐一作斐斐霓一作
蜺茫一作芒曠一作廣野叶上與反一作墊要平聲求一作結者叶章與反結上一無而字耦
叶魚古反導一作道後叶胡古反○務光古清白之士也言不見從自投深淵而死不爲讓佞
所塵汙也魁摧未詳依斐雲皃朝霞莫雨明不能久也梟楊山神即狒狒也尔雅狒狒如人被
髮迅走食人魂䁠䁠以寄獨兮汨徂往而不歸處卓
卓而日遠兮志浩蕩而傷懷䁠音征从目䁠獨視也一作䁠从耳
獨行也汨于筆反卓一作逴遠一作高懷叶胡威反鸞鳳翔於蒼雲兮故
矰繳而不能加蛟龍潛於旋淵兮身不挂於罔
羅知貪餌而近死兮不如下游乎清波寧幽隱

以遠禍兮孰侵辱之可爲子胥死而成義兮屈
原沈於汨羅雖體解其不變兮豈忠信之可化
志恮恮而內直兮履繩墨而不頗執權衡而無
私兮稱輕重而不差繳音酌一無而字加叶音戈旋一作深挂一作絓罔一作綱而一作之禍一作既爲叶吾禾反其一作而化叶胡戈反恮普庚反一作恲頩平聲差叶七何反〇言以貪餌而得死者固不可爲若以忠義而死則不憚也
摡塵垢之
狂攘兮除穢累而反眞形體白而質素兮中皎
潔而淑清時猒飫而不用兮且隱伏而遠身聊
竄端而匿迹兮嘆寂默而無聲獨便悁而煩毒
兮焉發憤而紓情時曖曖其將罷兮遂悶歎而
無名伯夷死於首陽兮卒夭隱而不榮太公不
遇文王兮身至死而不得逞懷瑤象而佩瓊兮
願陳列而無正生天墜之若過兮忽爛漫而無
成邪氣襲余之形體兮疾憯怛而萌生願壹見
陽春之白日兮恐不終乎永年摡一作慨狂一作狂真一作德非是飫於據反嘆音莫一作漢便消一作悁悒曖一作蔓罷音疲陽下一有之山字夭於表反一作殀一無得字逞叶丑京反正叶側京反爛一作瀾一無體字但多達反壹或作一年叶奴京反〇摡滌也狂攘亂皃猒飫自足而不樂見聞之意也竄端藏其端緒不使人少見之也無

正言無人能知己之賢而平其是非也

招隱士第十五

招隱士者淮南小山之所作也淮南王安好古愛士招致賓客客有八公之徒分造詞賦以類相從或稱大山或稱小山如詩之有大小雅焉漢藝文志有淮南王羣臣賦四十四篇此篇視漢諸作最爲高古說者以爲亦託意以招屈原也

桂樹叢生兮山之幽偃蹇連蜷兮枝相繚山氣龍嵸兮石嵯峨谿谷嶄巖兮水曾波猨狖群嘯兮虎豹嗥攀援桂枝兮聊淹留蜷音權一作卷繚居休反巃力孔反一作巄嵸音揔嶄鉏咸反曾一作增猨一作蝯狖以狩反嗥呼高反叶胡求反○郭璞云桂白華叢生山峯冬夏常青間無雜木繚紐也巃嵸雲氣皃嵯峨高皃嶄巖險峻皃言山谷之中幽深險阻非君子之所處猨狖虎豹非賢者之偶欲使屈原急來而原卒不肯來也王孫遊兮不歸春草生兮萋萋歲暮兮不自聊蟪蛄鳴兮啾啾遊一作游聊叶音留蛄音姑啾音揫○原與楚同姓故云王孫蟪蛄夏蟬春生夏死夏生秋死啾啾衆聲坱兮軋山曲岪心淹留兮恫慌忽罔兮沕憭兮栗虎豹穴叢薄深林兮人上

慄坱烏朗反軋烏黠反叶烏没反岪音佛一音皮筆反恫音通慌上聲沕叶無日反又美筆反一音勿憭音了一音聊一音留栗一作慄穴音血叶胡役反一作峣〇坱軋相切摩之意岪亦曲也恫痛也慌忽鬼神也罔失志皃沕潛藏也又有虎豹穴於其間林薄高深而上者恐慄也

嶔岑碕礒兮碅磳磈硊樹輪相糾兮林木茷骫青莎雜樹兮薠草靃靡白鹿麏麚兮或騰或倚狀皃崟崟兮峨峨淒淒兮漇漇獼猴兮熊羆慕類兮以悲嶔音欽一作嶔岑音吟一作崟一作崟碕音綺一作崎礒音蟻一作巇碅綺矜反字从囷又苦本反字从囷磳七氷反磈於鬼反又口罪反硊魚毁反相糾一作糾紛一無林木二字茷音跋又音旆一作茇一作茷音同骫音委薠一作蘋靃音髓一作蘼一作蘼麏音君又居筠反一作麕麚音加一作麚峨音蟻一作巇兮一作而漇蹝綺反一作縰罷羆音陂〇嶔岑碕礒碅磳磈硊並石皃輪横枝也茷木枝葉盤紆皃骫骫骳屈曲也莎草根名香附子靃靡弱皃麏麚麞也麚牝鹿峨峨頭角高皃漇潤也罷羆如熊黄白文從此以上皆陳山林傾危草木茂盛麋鹿所居虎兕所行不宜育道德養情性欲使屈原還歸郢也

攀援桂枝兮聊淹留虎豹鬭兮熊羆咆禽獸駭兮亡其曹王孫兮歸來山中兮不可以久留援一作折一無援字咆蒲交反叶蒲侯反曹叶祖侯反歸來一作來歸〇再言攀援桂枝聊淹留者明原未有歸意不可得而招也故又言山中之不可居者而於終篇卒致其意若曰非不可留但不可久耳不敢遽必其來之詞也

楚辭卷第八

反離騷見後語